가슴의 바다

나승빈

1951년 전남 목포 출생. 경희대 국문학과, 고려대 경영대학원 졸업. 작품으로 콩트 창작집 『평양 아리랑』 외에 「하얀 빛 그 추억」, 「경계선상의 존재들」, 「극한 상황」, 「양심의 저편」, 「떠도는 별 하나」, 「바닷게 이야기」 등 다수의 단편소설이 있음.

가슴의 바다

2000년 3월 3일 1판 1쇄 인쇄 / 2000년 3월 10일 1판 1쇄 발행

지은이 나승빈 / 펴낸이 임은주
펴낸곳 도서출판 청동거울 / 출판등록 1998년 5월 14일 제13-532호
주소 (135-080)서울 강남구 역삼동 832-52 상봉빌딩 301호 / 전화 564-1091~2
팩스 569-9889 / 하이텔I.D. 청동 / 전자우편 cheong21@netsgo.com

편집장 조태림 / 편집 박정화 / 표지디자인 박윤정 / 영업관리 정덕호

값 6,000원

ISBN 89-88286-24-3

나승빈 시집

청동거울

나의 자화상

　　나는 시를 통해서 '가슴'을 이야기하고 싶었다. 인생에
서 가슴을 잃어버린 삶이 얼마나 허무하고 메마르며 두려
운 것인가를, 독자와 함께 가슴으로 느끼고 싶었다.
　　가슴은 우주 속을 흐르는 바다이고, 바다가 하늘과 땅
을 잇듯 가슴은 영혼과 육신을 이어간다. 나의 시의 눈이
여기 있기에, 아름다운 영원한 삶을 위해 사랑의 빛으로
다가서는 사람들의 가슴에—
　　나의 간절한 소망과 흔적을 남기고 싶다.

　　만일 나의 시가 독자들에게 새삼 '가슴'의 의미를 일깨
우는 작은 디딤돌이 된다면, 지난날 고통의 시간들은 오
히려 기쁜 추억으로 되돌아 남으리라.
　　그리고 살기 위해 때론 살아남기 위해서, 투쟁과 눈물
과 신앙의 세계를 오가며, 고독한 사색의 창을 통해 깨달
았던 '삶의 무게'를 시집 후편에 〈나의 小考〉로 바친다.

새 천년,
그 세월을 위하여
나승빈

차례

시인의 자화상 5

1 삶을 생각하며

인생의 길 15

가슴과 바다 20

새의 날개 23

사는 것 25

사랑의 빛 26

가슴의 별 28

우정 29

금강산 32

낙엽 35

사계절 37

거울 속의 새 38

流轉 40

사람과 자연 41

그대와 나 43

제3의 빛 이데올로기 47

선과 악 50

시베리아 열차의 추억 52

2 사색의 바다에서

웃음을 생각하며　59

선과 죄　60

방랑의 끝, 구원의 빛은?　61

시인과 詩語　63

어느 山 사나이　64

욕망의 얼굴　65

비엔나에서의 회상　67

아프리카에 대한 단상　69

무지　72

시와 돈　74

말과 사람의 운명　76

낮춤과 비굴함　77

남과 여　78

선택된 은총　79

인권의 얼굴　80

민주주의와 反민주주의　81

시인　83

예언자의 소리　84

김대건 신부님　86

아버지의 눈동자　88

운명의 정체　91

영웅과 군중의 역사　93

역사와 영웅　94

3 가슴을 사랑하기에

빛과 향기　99

추억　100

월광곡　101

촛불이 별이 되어　103

잠이 오지 않는 밤에는　105

한 편의 詩가 되어　107

아내에게 바치는 사랑의 노래　108

기쁨과 슬픔　110

아침 해　111

늘 이런 느낌으로 살 수 없을까?　112

젊음만으로도　115

그리움의 모습   116

이별   117

먼 곳   118

커피잔 속으로 흐르는 아침   119

눈   120

추억의 강가에서   122

4 어제 오늘 내일

영원히 사는 법은   125

인생 100살까지라면   127

육신의 사막   128

존재의 무게   130

다람쥐와 인생   131

가슴속의 무덤   132

묵상   133

사람과 죽음   134

세월의 무덤   136

영혼의 소리   137

어제 오늘 내일　138

가장 슬픈 생각　139

道　140

불꽃　142

천년을 보내며　143

마지막 시작　146

잔존의 조건　147

5 나의 小考

사색의 삶을 위하여　150

사랑의 삶을 위하여　155

축복의 삶을 위하여　156

건강한 삶을 위하여　159

지혜의 삶을 위하여　161

해설　영혼과 육신 사이의 시/김수이　166

1
삶을 생각하며

인생의 길

1

인생은 좋아하는 사람끼리 서로 만나
잠시 웃고 울다가
가볍게 손을 잡고 다시 헤어지는
그런 허무한 길이 아니다.

2

인생은 하나의 완전한 소유를 위해
끝없는 욕망의 환상을 쫓다가
양심의 저편으로 스러져 가는
그런 허황된 길도 아니다.

3

인생은 사랑으로 꿈속을 헤매이다가
어느 날 서로 차가워진 가슴을 보며
고독한 눈망울로 삶의 끝을 생각하는
그런 비탄스런 길이 아니다.

4

인생은 한순간 맺은 인연의 흔적을
빛 바랜 사진 한 장에 추억으로 담아
일생을 품에 안고 살아가야 하는
그런 애틋한 길도 아니다.

5

인생은 술 취한 듯 밤길을 비틀거리다가
어느새 떠오른 아침 해를 바라보고는
가슴을 치고 후회하며 뒤돌아서는
그런 한탄스런 길이 아니다.

6

인생은 늘 우유를 먹던 갓난아이가
어느 날 엄마 젖이 아닌 것을 알고
생떼를 부리며 울음을 터뜨리는
그런 심란한 길도 아니다.

7

인생은 어느 광인이 휘두르는 칼날에
예기치 않는 날, 운명의 날개가 부러져
역사의 무덤 안으로 쉬 사라져 버리는
그런 회한의 길이 아니다.

8

인생은 무대 위에서 마술사의 손놀림처럼
속은 줄 알면서도 속은 것 같지 않은
착각 속에, 별안간 무대의 막이 내려지는
결코 그런 허망한 길도 아니다.

9

이렇듯 나는, 인생길이
이런 길이 아님을 알고 있다.
그렇다고 누가 인생의 길을 묻는다면
난, 대답을 할 수가 없다.
—그 길을 아직 알 수 없기 때문이다.
단지, 가슴에 별처럼 떠도는 궤적 하나가
오늘도 뇌리에 아득히 자리잡고 있을 뿐이다.

10

인생이란 눈을 뜨면 온몸으로 밀려드는
영혼의 슬픔과 쓰라린 고뇌 속에서도
진정한 인생의 길을 가르쳐 줄 스승을 찾아
자아에 깊이 감추어진 존재적 의미를 찾아,
인생의 밀림 속을 홀로서 헤쳐 나아가야 하는
멀고 먼 탐험의 길이라는 것을……

가슴과 바다

하나

우주가 하늘과 땅과 바다로 이루어지듯
사람도 하늘과 땅과 바다를 가지고 있다.
하늘은 영혼이요
땅은 육신이며
바다는 가슴이다.

하늘과 땅 사이에 바다가 있듯이
영혼과 육신 사이에 가슴이 있다.
바다가 하늘과 땅을 이어 가듯
가슴은 영혼과 육신을 잇는다.

그리고
영혼은 하늘에
육신은 땅에
가슴은 바다에

돌아갈 고향을 만든다. 그러기에
영혼과 육신은 머무를 곳이 있으나
가슴은 가슴으로 흐를 뿐이다.

둘

태어나던 날,
—나의 울음 앞에서
한 여인이 가슴을 풀었다.
가슴에는 끝없는 바다가 보였고
그 바다 한가운데 내가 떠 있었다.
여인의 가슴에서 바다 냄새를 맡으며
가슴속으로 흐르는 파도 소리를 들었다.
나는 여인의 모습을 찾아 헤엄쳐 나아갔고
여인은 내 곁으로 흰 돛단배 되어 다가왔다.

나는 배를 향해 소리치며 힘껏 손을 흔들었다.
손짓은 그리움의 목소리로 퍼져 나아가고
다시 밀려와, 나의 가슴에서 부서진다.
파도 거품 위로 얼굴 하나가 떠오른다.
그 얼굴의 표정 위로 나의 삶을 본다.
삶의 눈동자로 여인의 가슴을 본다.
여인은 나의 가슴에서 바다가 되고
나는 여인의 바다에서 잠이 든다.
—여인은 가슴의 고향, 어머니!
우리들 가슴의 바다.

새의 날개

새는 날개가 있어 나는 것이 아니다.
새의 눈에는 늘 먼 푸른 하늘이 담겨 있어
그래서 난다.

새는 날개가 있어 나는 것이 아니다.
새의 가슴에는 늘 거대한 숲의 바람이 흘러
그래서 난다.

새는 날개가 있어 나는 것이 아니다.
새들에게는 저만이 날으며 부르는 노래가 있어
그래서 난다.

새는 날개가 있어 나는 것이 아니다.
새는 원시의 날개짓 그리움을 견딜 수 없어
그래서 난다.

새는 날개가 있어 나는 것이 아니다.

새는 날개를 펴는 순간만이 살아 있음을 느끼기에
그래서 그래서 난다.

사는 것

누군가 내게 물었다.
세상을 어떤 마음으로 사느냐고?
—태양은 구름에 가려 섭섭하듯
—구름은 태양을 가려 미안하듯
나도 늘 그런 마음으로 살아간다고.

또 누군가 물었다.
세상을 어떤 모습으로 사느냐고?
—태양이 구름을 삼키듯
—구름이 태양을 삼키듯
나도 늘 그런 모습으로 살아간다고.

사랑의 빛

사랑은 별빛처럼
깜빡일수록 더욱 찬란한 불빛
사랑한 자여! 그대가 사랑의 순간을 말할 뿐
감히 영원을 말하지 않는다면,
나는 그대 가슴에
가장 아름다운 사랑의 시를 바치리.

사랑은 달빛처럼
고독할수록 더욱 찬연한 불빛
사랑한 자여! 그대가 나와의 만남을 간직할 뿐
끝내 이별을 생각하지 않는다면,
나는 그대 가슴에
가장 진실한 사랑의 시를 바치리.

사랑은 햇빛처럼
다가올수록 더욱 그리운 불빛
사랑한 자여! 그대가 날 위해 미소지을 뿐

슬픈 눈빛을 내게서 감춘다면,
나는 그대 가슴에
가장 순결한 사랑의 시를 바치리.

가슴의 별

가슴으로 가득 별이 내린다.
사랑에 잠 못 드는 누군가,
먼 그리움이 되어
은빛 눈망울로 반짝인다.

별이 쌓여 가는 가슴에서
그리움은 밤새 뒤척이다
별이 떠나온 그 자리에서
새로운 별로 태어난다.

못다 한 그리움이 별이 되고
별은 다시 그리움으로 내리듯
별과·그리움은 하나가 되어
하늘의 별, 가슴의 별로 뜬다.

우정

1

초록빛 미소로 맺어진 젊음을
너와 난 초원에 묻고
정다운 눈길로 우정의 싹을 틔우던
그리운 친구여!

추억의 샘에서 밤새 물을 길어다
우정의 꽃망울을 하나씩 터뜨리며
영원한 우정을 손가락에 걸었던
무지개 빛 그날들, 그 맹세여!

내가 너를 잊어 갈 때면
어느새 나타나 마주 서 있고,
너의 얼굴이 사무쳐 올 때면 나는
거울 속 네 모습으로 변해 버린 친구여!

목동 같은 외로움을 달래려
가슴에 새긴 수많은 별들을
훨, 훨 허공에 날려 보내던
젊은 날, 우리들의 고독한 합창이여!

2

어젯밤도 갈대잎 스쳐 가는 바람 소리에
새벽잠에서 스르르 깨어나
창 밖으로 지는 조각달을 바라보면서
나도 몰래 흐르는 눈물을 훔쳐내며
마음 깊은 곳에 잠든 너를 불러 보았지.

이제, 우리가 살아온 만큼 세월은 흘러
입가의 미소는 노란빛으로 물들어 가고
옛 그리움은 아픈 눈물로 되돌아오지만,

초원에서 피어 오른 우정의 불꽃은
지금도 눈동자에서 살아 움직이리니

친구여!
앨범 속에 우리의 얼굴이 더 늙기 전에
우정의 꽃밭을 새롭게 가꾸어 보세.
우리에겐 마르지 않은 추억의 샘물이
아직도 가슴으로 넘치고 있지 않은가!

금강산

1

신이 머물던 자리
―금강산
금강산을 바라본 사람이면
그 누가 신의 손길을 의심하랴.
신이 조각가였음을 누가 의심하랴.
신이 화가였음을 누가 의심하랴.

우주 삼라만상을 창조한 후,
칼을 들어 바위를 깎아 만물상을 만들고
온 산에 형형색색의 물감을 뿌렸다.
신이 손수 그려 놓은 한 폭의 산수화
금강산의 풍경은 바로 신의 것이었다.

금강산 봉우리마다 용들이 찾아들어
신비로운 터전에 궁전을 만들고

춘, 하, 추, 동 잔치를 벌이며 혼을 묻은 땅.
선녀들이 내려와 폭포 아래 멱을 감고
춤을 추며 자연에 취해서 옷을 버린 채
바위가 되고 나무가 되어 버린 곳.
금강산은 분명 인간의 것이 아니었다.

2

금강산의 다람쥐는 사람을 무서워하지 않았다.
낯선 사람들마저 그리워서일까?
산이 너무 맑아 뱀도 새도 물고기도 없다는 곳.
산길 굽이굽이마다 황홀함이 숨쉬는 곳.
그곳에는 우리 민족의 영성이 깃들어 있었다.

이제는 사상으로 이끼 낀 민족의 발자취.
가슴 한편에 흐느낌을 품고 만양대에 올라

산마루 푸른 안개 속에 묻힌 소원을 향해
―소리치고 또 불러 보았다.

민족의 끓는 피 솟는 기운아! 더 높이 날아라.
금강산에 빛나는 혈맥이여! 더욱 깊이 흘러라.
우리의 山河 조국통일 만세! 통일조국 만세!

메아리 굽이굽이 겨레의 염원을 새기면서
―그리고 꿈꾸듯 금강산을 떠나왔다.

*1999년 가을 금강산 관광을 마치고 금강호에 오르면서…….

낙엽

낙엽,
그대의 추억은
이미 사라져 버린 세월 끝에서
오늘 다시 어제를 홀로 기다리다
바람에 묻힌 새 발자국 소리이다.

낙엽,
그대의 슬픔은
계절의 눈빛에 순결을 벗고
노오란 얼굴로 새삼 수치에 겨워
자신을 버린 채 떠나는 이별이다.

낙엽,
그대의 아픔은
다가선 겨울 앞에 옷을 내리고
온몸 붉히며, 수줍다 뒤돌아
가을이 된 여인과 같은 운명이다.

낙엽,
그대의 사랑은
옛 푸른 가지 위 황금 햇살을
못내 가슴에 그리워 그리워하다
끝내 눈물섬으로 남는 고독이다.

사계절

봄은 봄대로 봄이어서 좋고
여름은 여름대로 여름이어서 좋고
가을은 가을대로 가을이어서 좋고
겨울은 겨울대로 겨울이어서 좋아라.

봄엔 봄과 함께 봄이 되어 살고
여름엔 여름과 함께 여름이 되어 살고
가을엔 가을과 함께 가을이 되어 살고
겨울엔 겨울과 함께 겨울이 되어 살리라.

봄이 오면 봄따라 봄처럼 지내고
여름이 오면 여름따라 여름처럼 지내고
가을이 오면 가을따라 가을처럼 지내고
겨울이 오면 겨울따라 겨울처럼 지내리.

봄 여름 가을 겨울, 사계절은
그래서 언제나 좋아라.

거울 속의 새

어느 날 산길을 가다가 숲 사이에서
우연히 한 마리 새를 발견했습니다.
그 새는 반짝거리는 무언가를 쪼아대었고
가까이 보니 그건 깨어진 거울 조각이었으며,
거울 속 새 한 마리와 격투를 벌이고 있었습니다.
그 새는 점점 거울 속 새를 거칠게 쪼아대었으며
동시에 거울 속 새도 그 새를 맞쪼아대었습니다.
마침내 거울은 박살이 났고 순간,
숲 속의 새는 화들짝 놀라 급히 하늘로 솟구쳤습니
다. 갑자기 눈앞에서 찢겨져 나간 동료의 모습을 본 것
입니다. 그러나 그 새는 주둥이가 갈라져 나가는 고통
에도 불구하고 자기 영역에 침투한 적수를 박살냈다는
승리감에 도취되어 상쾌한 모습으로 하늘 여기저기를
날아다녔습니다.
그 새는 결코 알 수가 없었을 것입니다.
거울 속의 새가 바로 자신이라는 사실을,
찢겨져 나간 새의 모습은 적수의 몸뚱이가 아니라

깨어진 거울 조각에 불과하다는 것을……

나는 새의 그 모습에서 웃음을 참을 수가 없었습니다. 그러나 그 웃음은 돌연 다른 사색을 불러일으켰습니다.

(―바로 우리 인간도 창조주의 눈에는 이런 모습이 아닐런지?)

나는 갑자기 우울해지는 기분으로 산을 내려왔습니다.

流轉

내 안에 가장 슬펐던 너를
내 안에 가장 아팠던 너를
내 안에 가장 어두웠던 너를
겨울 끝, 강물에 떠나 보내고
나는 그 강물에 손을 씻었다.

"이젠 정말 우린 이별이야,
 이토록 눈부신 이별은 없어!"

창백한 고백을 몰래 江에 쏟고
급히 돌아서는 나의 시선에
바로 너는 '육신'이 아니었다.
가슴만으로 流轉되어 온
'영혼의 상처' 그 흔적이었다.

*流轉(유전): 번뇌 때문에 生死를 수없이 되풀이하며
           迷妄의 세계를 떠도는 일.

사람과 자연

사람의 본질은
자연 안에 있다

생명의 본질은 흙이요
죽음의 본질은 하늘이다

가슴의 본질은 바다요
마음의 본질은 구름이다

고독의 본질은 산이요
추억의 본질은 숲이다

사랑의 본질은 별이요
이별의 본질은 달이다

기쁨의 본질은 바람이요
슬픔의 본질은 강이다

그리고
자연의 본질은
사람의 생각 안에 있다

생각의 본질은 느낌이요
느낌의 본질은 의식이다

의식의 본질은 무의식이요
무의식의 본질은 허무이다

허무의 본질은 없음이요
없음의 본질은 있음이다

있음과 없음이 하나가 되듯
사람과 자연도 같은 이치이다.

그대와 나

1

나는 나를 버려야 산다.
내 안에 나를 버려야 산다.
세속에 묻혀 잠든 내 영혼이
깨어나 내게서 떠나지 않으면
나의 삶에 진리는 없다.

나는 나를 위해
내 안에 나를 버리고
나는 나를 위해
내 안에 나를 잊는다.

2

나는 그대를 버려야 산다.

내 안에 그대를 버려야 산다.
세속에 묻혀 잠든 내 영혼이
깨어나 그대에게서 떠나지 않으면
나의 삶에 진리는 없다.

나는 그대를 위해
내 안에 그대를 버리고
나는 그대를 위해
내 안에 그대를 잊는다.

3

그대는 나를 버려야 산다.
그대 안에 나를 버려야 산다.
세속에 묻혀 잠든 그대 영혼이
깨어나 내게서 떠나지 않으면

그대의 삶에 진리는 없다.

그대는 나를 위해
그대 안에 나를 버리고
그대는 나를 위해
그대 안에 나를 잊는다.

4

그대는 그대를 버려야 산다.
그대 안에 그대를 버려야 산다.
세속에 묻혀 잠든 그대 영혼이
깨어나 그대에게서 떠나지 않으면
그대의 삶에 진리는 없다.

그대는 그대를 위해

그대 안에 그대를 버리고
그대는 그대를 위해
그대 안에 그대를 잊는다.

제3의 빛 이데올로기

어둠 속에서 눈을 뜬 자들의 침묵이
세상을 지배하던 시대—
'붉은 혁명'이라는 이름의 총기 하나가
파란 빛 이데올로기의 심장을 겨누었다.

역사의 혈관을 뚫고 날아든 총알이
자유의 뇌관을 관통하는 순간,
붉은 빛 이데올로기의 탄생과 함께
인류의 새로운 투쟁이 시작되었다.

어떤 자(?)의 손가락 움직임 하나가
'피의 제전'을 통해 정복을 꿈꾼 것이다.
누가 방아쇠를 당겼는가?
—총알의 정체는 총구를 빠져 나오면서
그리스 신화의 퀴클롭스 형제처럼
공포의 괴물로 변해 있었다.

'민주와 평화'라는 사상적 침실에서
가장 안락한 휴식에 젖어 있던 군중들은
총소리 끝에서 뇌리로 밀려오는
붉은 빛 이데올로기의 형상을 보았다.
그 형상은 괴물 중에 괴물이었다.
—머리에 붉은 깃발을 꽂고
인간의 피를 삼키며 점점 자라나는—
공산주의: 사람들은 훗날 이렇게 불렀다.

그 괴물의 몸을 둘러싼 붉은 빛 속에는
공산주의자들의 피 묻은 혼이 담겨 있었고
그 혼의 유령으로 떠돌던 독재자들은
시든 장미로 묻혀 영원히 지하에 갇혔다.
또 그 혼을 추종하며 살아남은 자들도
누군가(?) 내어민 독버섯을 받아들고
지구 곳곳에서 하얀 죽음을 기다리고 있다.

이제, 새 천년의 역사적 시간 앞에
파란 빛과 붉은 빛 이데올로기의 싸움은
지구상에서 한 세기와 함께 종말을 맞는다.

지금은 색다른 세상 낙원을 꿈꾸는 사람들이
긴 어둠에서 다시 눈을 떠 침묵을 깨고,
'투쟁의 종말'을 향해 축배의 잔을 들고 있다.
그리고 21세기의 제3의 빛 이데올로기를 찾아
조그만 탐구를 시작한다.
우리는 오늘 그 한가운데 서 있다.

선과 악

선의 시작은 선이고
악의 시작은 악이다.

선은 선을 잉태하고
악은 악을 잉태한다.

선은 선을 낳고
악은 악을 낳는다.

선은 선을 그리워하고
악은 악을 그리워한다.

선은 선을 사랑하고
악은 악을 사랑한다.

선은 선을 위해 살고
악은 악을 위해 산다.

선은 선을 위해 존재하고
악은 악을 위해 존재한다.

선의 끝은 선이고
악의 끝은 악이다.

시베리아 열차의 추억

1

영하 45도 上下―
시베리아의 겨울
하바로프스크에서 이르쿠츠크까지
횡단열차를 타고 달린다.
창 밖으로 도스토예프스키의 표정이 떠오르고
그 위의 차이코프스키의 흡의 선율이 흐른다.
차창에 비친 나의 얼굴을 본다.
내가 반대편에 서 있다.
눈을 맞으며 내가 서 있다.

2

열차가 멈춘 곳곳마다
불쑥 나타나는 붉은 빛 그림자

피부로 스며오는 묵은 역사의 체온
스탈린의 육신으로부터 진동하는 비린내
금세 토해 버릴 것 같은 가슴속을
시베리아의 바람이 거칠게 지나간다.

3

차창 밖.
거대한 지휘자의 손놀림을 따라
눈발은 자연의 옷자락을 일시에 벗겨내고
시선이 닿는 곳에서는 雪馬가 달리고 있다.
허공에는 슬라브족 여인의 슬픈 미소가 날고
누구도 소유할 수 없는 것들만이 숨쉬고 있다.

4

눈이 아팠다.
동공이 얼음처럼 시려온다.
겨울의 태양은 이미 눈밭에 묻힌 지 오래이고
바람은 눈더미를 옮겨와 눈무덤을 만들어 간다.
그 무덤 안으로 시베리아의 무게가 담긴다.

5

神도 뒤돌아보지 않은 곳—
그 시베리아에 어둠이 찾아든다.
그러나 어둠은 대지에서 잠들지 못하고
時空을 건너 낮과 밤을 괴롭힌다.
이 혼돈의 한 궤적에서
나의 신경은 더 이상 견딜 수가 없다.

6

시베리아여! 그대는 왜 침묵하는가?
나의 외침은 입김이 되어 차창에 힘없이 닿는다.
그러나 열차는 추위와 허기를 이기지 못해
성난 사자처럼 포효하며 종착역으로 치닫고……
나는 하얀 유리창에 손을 내밀어
—나의 이름을 조그맣게 남긴다.

2
사색의 바다에서

웃음을 생각하며

웃음이 그리운 세상
웃음이 아쉬운 세상
웃음이 잠자는 세상
웃음이 갈증난 세상
웃음이 고갈된 세상

웃음을 아끼는 세상
웃음을 버리는 세상
웃음을 포기한 세상
웃음을 파묻는 세상
웃음을 죽이는 세상

이러한 세상이기에
나는 어쩌다 웃음의 샘을 만나면
냉큼 한 방울의 웃음이라도 먼저 마신다.
한 모금의 웃음이라도 벌컥 삼킨다.
그러고 나면 가슴에서 웃음이 나온다.

선과 죄

善은 惡의 죽음이고
罪는 善의 무덤이다.

惡은 善의 죽음이고
善은 罪의 무덤이다.

방랑의 끝, 구원의 빛은?

집을 나섰다.
낮이면 나비가 꽃을 찾아 헤매이듯
밤이면 나방이가 불빛을 찾아 떠돌듯
그렇게 방랑을 시작했다.

강가에서 버려진 갓난아이를 보았고
바닷가에서 술에 취해 쓰러진 자들을 보았고
산에서 자기 무덤을 파는 노인네를 보았다.

눈에 비친 세상, 어느 곳에서도
사람들은 피를 흘리고 있었고
사연 많은 여인네들은 울부짖고 있었다.

한때 양심을 팔아 권력을 탐한 자들은
스스로 파멸의 길로 들어섰고
부정하게 돈의 그림자를 쫓던 자들은
돈 냄새에 취해서 의식을 잃었다.

세상의 죄에 휩쓸린 무리들은
정의의 칼날에 설 땅을 잃었고
선비를 자처하며 논쟁을 일삼던 자들은
권력 앞에 초라한 모습으로 변해 있었다.

세상살이에 상처받은 자들은
병실에서 누워 고통을 호소하고 있었고
삶에 절망한 자들은
오히려 탄생의 운명을 비관하고 있었다.

낯선 침실에서 육신의 쾌락에 빠진 자들은
부패한 영혼으로 몸의 허기를 채웠고
피땀 없이도 위인이 될 수 있다는 자들은
운명을 바꿀 마법상자의 행방을 쫓고 있었다.

방랑의 길에서, 희망의 빛은 어디에 있는가?
방랑의 길에서, 구원의 빛은 어디에서 오는가?

시인과 詩語

시인은 시를 위해
언어의 반란을 일으키고
반란에 성공한 시어는
저마다 일등공신을 자처하며
독자의 시선을 유혹한다.

시인의 언어는 시어가 되기까지
시인의 삶 속을 헤엄치며 다니다
끼리끼리 인연이 닿으면
짝짓기로 새로운 시어를 낳는다.

다시 태어난 시어는
시의 생명이 되어
시인과 함께 운명적인 삶을 살아간다.
그러기에 아름다운 시어는
사람들 가슴에 영원히 남는다.

어느 山 사나이

그 사나이가
산다는 것은
산을 가는 일이다.
산을 오르면서
한 그루씩 나무를 뽑아내고
대신 자신의 恨을 심었다.

그가 산을 찾는 날이면
산은 한으로 변하고
한은 산으로 변했다.

그리고 산을 내려올 때면
마음에서는 산을 버렸고
가슴으로는 한을 버렸다.

결국 산과 이별한 후에야
산은 산이 되고
한은 한이 되었다.

욕망의 얼굴

어린 소녀의 어깨 위에
손을 얹고 웃고 서 있는
그대들의 모습이 싫다.

어린 소녀의 등 뒤에서
옷자락을 붙잡고 웃고 서 있는
그대들의 모습이 싫다.

어린 소녀의 가슴에
손을 뻗고 웃고 서 있는
그대들의 모습이 싫다.

소녀를 향해 다가오는
부유하고 방탕스런 자들의
양심없는 얼굴을 보라!

그들의 이빨새에 이끼처럼 긴

탐욕의 찌꺼기가 그 웃음으로
보기에도 더 흉칙하다.

지금 세상은
그대들의 돌이킬 수 없는 죄가
세상을 떠돌고 있지 않은가.

그래서 지금 소녀는
그대들의 웃음에 흐느끼고 있다.

비엔나에서의 회상

비엔나에 노을이 진다.
붉게 젖어 가는 도나우 강변
잠들었던 푭의 영혼들이 깨어나
거닐며, 긴 사색에 잠긴다.

천재였기에 오히려 삶이 가난해야 했고
        오히려 사랑을 버려야 했고
        오히려 일찍 이별해야 했던
불멸의 음악인들—
베토벤 슈베르트 모차르트 브람스 요한 스트라우
스……

지난날 그들의 숨결은 이 도시의 영광을
빛나는 악보로 탄생시켰다.

비엔나에 어둠이 스며든다.
누군가의 무반주 협주곡이 어디선가,

고풍스런 건물의 무게에 실려 나그네 발길을 잡는다.
이방인들은 거리로 모여 뜬눈으로 어둠을 지운다.

'비엔나의 밤이여,
눈을 뜨라!
영혼의 존재를 악상으로 담았던
옛 음악가들의 화려한 오케스트라를
우리에게 다시 들려다오!'

비엔나에 새벽을 맞는다.
먼저 눈을 뜬 나그네들은
旅의 향수를 베개맡에 묻어 놓고
가슴에 남은 그림자를 껴안고서
회상에 젖은 얼굴로 그곳을 떠나간다.

아프리카에 대한 단상

아프리카를 생각한다.

표범은 이 밤에도 눈에 불을 켜고
먹이를 노려보고 있을 것이다.
날이 밝으면
힘없는 먹이 하나를
입에 물고 나무 위에서
잔뜩 배를 채울 것이다.

나무 밑에는 하이에나들이
흘린 고깃덩이를 기다리며
조급한 울음소리를 낼 것이다.

치타는 들판에 나타난
기린의 긴 목덜미를 노리며
집요하게 추격전을 벌일 것이다.

또 사자 무리들은
몸집이 큰 영양이나 들소를 찾아
쉬지 않고 발자국을 쫓고 있을 것이다.

독수리는 어딘가 먹다 남겨진
피 묻은 고기 조각을 찾아
서늘한 눈동자를 번뜩이며
비상을 계속하고 있을 것이다.

원숭이는 나무에서 재주를 부리다
어린 표범 새끼에게 붙잡혀
엉뚱하게 혼줄이 나고 있을 것이다.

그곳 원주민들은 사냥을 나섰다가
독사에게 물려 사경을 헤매이는가 하면
여인들은 강가에서 숨어 목욕을 하다
악어에게 물려 순식간 대지에서 사라지는

온갖 이상한 일들이 벌어지고 있을 것이다.

아프리카의 대자연
고등동물과 하등동물이 서로 먹이로만
존재하는 곳

인간에게 그곳의 역사적 의미는 무엇인가?
아프리카를 생각하면
까닭 모를 비애에 젖어든다.

무지

1

세상에서 가장 두려워할 것은
바로 무지(無知)이다.
"나는 무지하다"라는 한마디로
세상의 논리와 이치를
일순간 뒤엎어 버리는 무리를 본다.
무지는 사색의 창을 통해
세상을 바라보기를 거역하기에
야생동물의 기질을 닮는다.

2

무지는 후천적이기에
정신적 진화를 거부한
'미필적 고의(未必的 故意)' 와 같고

무지의 잠재력은
폭발성을 예측할 수 없기에
재앙의 눈을 감춘
판도라 상자와도 같이
공포스런 인류의 적이다.

시와 돈

시를 그리워하는 사람은 돈을 잊고 산다.
돈을 그리워하는 사람은 시를 잊고 산다.
시와 돈은 항상 우리 곁에 있어도
서로 차지하는 공간이 다르기에
존재의 빛이 다르다.

시를 그리워하는 사람은 이렇게 말한다.
사람은 왜 돈을 사랑하게 되었는가.
사람은 왜 돈 냄새에 취해서 가슴을 잃고 사는가.
사람은 왜 돈의 촉감에 온몸을 전율하는가.

그러나 돈을 그리워하는 사람은 이렇게 말한다.
사람은 왜 시를 사랑해야 하는가.
시는 정신적 사치를 정당화하는 기교가 아닌가.
어떤 시가 굶주린 자의 배를 채워 주는가.

서로 이렇게 생각하며 한쪽을 잊어 가기에

시와 돈은 가슴에서 함께 머무를 수 없다.
시를 잊지 못한 사람은 돈에 마음이 없고
돈을 잊지 못한 사람은 시에 마음이 없다.

시와 돈의 빛깔은 이렇게 다르기에
사람들은 늘 그 중 하나를 선택하며 살아간다.

말과 사람의 운명

신앙의 눈으로 보면
말은 그 자체가 창조요, 생명이다.
말은 사람으로 육화되는 신비체다.

말이 선하면 사람이 선하게 되고
사람이 악하면 말이 악하게 되듯
말과 사람은 동일한 운명체다.

말이 사람의 빛을 가로막으면
사람의 세계는 그림자로 변하고
사람이 말의 빛을 가로막으면
말의 세계가 어둠으로 변한다.

그래서 말과 사람의 관계는
사람이 말을 지배하면서도
말에 정복당하는 이치이다.

낮춤과 비굴함

낮춤과 비굴함은 다르다.
낮춤은 겸손이요, 비굴함은 수치다.

낮춤은 양심적인 행위요,
비굴함은 비양심적인 행위다.

낮춤은 낮춤으로써 더 높아지는 이치요,
비굴함은 낮춤으로써 더 낮아지는 이치다.

진정 자신을 사랑하는 자는 낮춤의 길로 가고
낮춤의 의미를 모르는 자는 비굴한 길로 간다.

우리에겐 자신을 낮추는 일이 가장 중요하다.
낮춤과 비굴함의 차이를 아는 것이 낮춤의 시작이다.

남과 여

남자는 행위로 살아가고
여자는 느낌으로 살아간다.

남자는 행위로 세상을 받아들이고
여자는 느낌으로 세상을 받아들인다.

―男과 女는 행위와 느낌의 차이

여자는 느낌으로 추억을 만들고
남자는 행위로 추억을 만든다.

여자는 남자의 행위로 가슴을 만들고
남자는 여자의 느낌으로 가슴을 만든다.

―女와 男은 느낌과 행위의 차이

선택된 은총

사람이 자유를 사랑하게 되면 고독이 그리워진다.
자유는 자유를 누릴 줄 아는 자들의 특권이며
고독은 고독을 느낄 줄 아는 자들의 특권이다.
자유는 의미가 무시되면 그 생명이 사라지고
고독은 의미를 잃게 되면 외로움에 지나지 않는다.

자유와 고독.
이는 신이 인간에게 주는 살아 있는 선물이다.
그러나 사람들은 그 가치를 헤아리기도 전에
스스로부터 구속되어 그 곁을 떠나간다.

그러기에 자유와 고독은
그 깊이와 의미를 소유하는 자에게만
은밀히 찾아드는 신의 선택된 은총이다.

인권의 얼굴

지금 세상에서 인권은

냉혹한 자들의 가슴에서
독재자들의 푸른 칼날에서
양심 없는 자들의 폭력에서
―유린되고 있다.

또 한편에서는
자신에 의해 박탈된다.
자기 안에 스스로 폐쇄된 공간을 만들고
그곳에서 자라난 사념(邪念)의 억센 뿌리가
의식을 억압하여 육신을 구속한다.

그렇기에 인권이란
누군가 만들어 놓은 생명의 우물에서
자기의 두레박을 기필코 사냥해야 하는
자기 의식과의 끈질긴 투쟁의 대가이다.

민주주의와 反민주주의

민주주의가 거부된 국가에서는
법은 야누스의 두 얼굴,
권력은 숨겨진 독사의 혓바닥,
양심은 보이지 않는 달팽이의 눈,
비평가들은 이렇게 비유한다.

反민주주의 사회에서
법과 양심은
독재자의 손에 의해 암살당하거나
스스로 견디지 못해 자살을 선택한다.

그래서 시민들은 끝내 고대한다.
법이 무시된 권력 중심의 사회로부터
권력이 양심을 배반하는 사회로부터
양심이 법에 구속되는 사회로부터
영원히 이별하기를.

그리고 끝내 소망한다.
야누스의 얼굴, 독사의 혓바닥, 달팽이의 눈.
여기에, 법과 권력과 양심이 비유되는 시대에서
우리 모두 하나의 마침표로 남아 있기를.

시인

계산된 사회에서 계산되지 않으면,
생존이 힘든 현대인의 삶 속에서
홀로 눈을 감고 서 있는 사람이 있다.
바로 시인이다.

그들의 눈동자는 미래에 살기에
주머니는 비워져 바람이 가득하고
빈 얼굴에는 세상 슬픔이 겹쳐 와도
마음만은 언제나 부풀어 있다.

시인은 삶을 저울질하지 않고
자기 운명을 산술하지 않으며
가슴을 숨기지 않기에
시인은 언제나 시인이 된다.

예언자의 소리

어찌할 것인가.
얼굴에 깊이 패인 부도덕스런 표정
밝은 눈빛으로부터 떠나 버린 미래
감정의 혼란 속에 끝없는 양심의 반란
신의 뜻을 포기해 버린 군상들의 향락
까닭 없이 자해하는 자기 배반의 모순
순수함이 거추장스러워진 가슴.

어찌할 것인가.
하늘로 흩어져 가는 붉은 욕망의 파편
땅으로 스며드는 종말의 검붉은 기운
그대는 보는가! 문명의 패배를.

어찌할 것인가.
하늘의 숨결은 점점 들리지 않고
허공을 휘잡아 떠도는 악마들의 노래
그대는 듣는가! 구원의 소리를.

누군가 쉬지 않고 소리 없이 외치고 있다.
예언자의 소리를 따라 가슴을 열고 있다.
그러나 그 손이 점점 떨리고 있다.

그렇다면 어찌할 것인가.
지금 그대는?

김대건 신부님

김대건 신부님!
당신은 태어나 너무 일찍이
하늘로 가는 길을 알았습니다.
당신은 인생에서 너무 일찍이
영혼이 사는 길을 알았습니다.

26세의 나이에
'죽음과 부활과 영원한 삶'이라는
예수님의 진리마저 터득하였습니다.
그러기에 하늘을 향해 계단을 만들어
스스로 하나님의 번제물이 되었습니다.

당신이 그때 흘리신 순교의 피는
이 땅에 복음의 씨앗이 되어
300만 꽃송이로 자라났습니다.
그 꽃밭에는 님의 향기 가득하고
님이 남기고 가신 믿음의 광채는

오늘도 우리 가슴과 영혼 속을 비추입니다.

이 민족을 너무 사랑했기에 여기 태어나
구원의 길을 밝히고 희생양이 되었습니다.
당신이 생전에 '거룩한 분'을 목말라했듯이
우리는 지금 님의 숨결을 목말라하며
당신이 남기신 성령의 불씨를 지피고 있습니다.

이제 가장 맑은 영혼의 손길로 오시어
신자들 머리 위에 성수를 뿌리소서!
우리 모두는 참회의 고백을 바칠 것입니다.
감격의 믿음을 소리 높여 외칠 것입니다.

아버지의 눈동자

1

술 없이는 살기 어려운 시대가 있었다고
취하지 않고는 견딜 수 없는 세월이 있었다고
본능적인 것이 멸시받던 역사가 있었다고
아버지는 늘 그렇게 말씀하셨다.
술에 취하신 날 밤이면, 잠든 나를 깨워 놓고서—

나는 기억한다.
그때 아버지의 눈동자를.
눈동자 속에 서린 짙은 회색 안개를,
안개 속을 흐르던 섬뜩한 검은빛을
그러나 내게는 일종의 혐오스러움이었다,
그 안개를 누가 만들었는가?
그 빛은 어디로부터 온 것인가?

2

아버지의 눈동자에 새겨진 이웃의 일본.
아버지는 그를 '난폭한 강간자'라고 불렀다.
잠든 한 여인의 정조를 무참히 유린한……
—당시 그 여인의 이름은 '조선'
힘없는 여인의 순수한 피를 빼앗은 남자는
마침내 여인의 모든 것을 정복했다.

결국 여인에게 남겨진 건,
그 남자의 손에 의해 조각된 육신의 아픔과
하늘을 바라볼 수 없는 부끄러운 가슴뿐—
여인이 치마 속 치욕의 상처를 도려내기까지
여인의 땅은 강간자의 피로 혼혈되어 있었다.

3

아버지는 바로 그 세월에 청년기를 지나왔다.
가슴에 恨을 묻고 강간자를 저주하면서도
생존을 위해서는 침묵의 철학을 배웠고
殺氣를 숨긴 의미 없는 미소를 익혀야 했다.

세월은 흘렀어도 아버지의 눈동자에 옛 안개가
아직도 가까이서 역사의 주변을 맴돌고 있다.
지금, 아버지의 눈에 그 남자는 어떤 존재인가?

운명의 정체

운명은 동성 연애자다
어쩌면 '게이'이거나 '레즈비언'이다.
남자는 남자끼리 여자는 여자끼리
서로 어떤 사랑을 나눌 수 있듯이
운명도 같은 운명끼리 사랑하며 산다.

그러나 운명은 변태성이 강해
웃는 여인의 모습으로 다가왔다가
성난 남성의 얼굴로 뒤돌아서 간다.
그런 운명을 좇아서 살다 보면
사람들은 언젠가 정신을 잃고 쓰러진다.

그렇지만 운명은 절대 빈 손을 내밀지 않으며
자선사업가처럼 무조건 내놓지도 않는다.
운명은 때론 비행접시처럼 눈에 나타났다가
눈 깜짝할 사이에 자취를 감추기도 한다.

그래서 운명의 정체를 모르는 자는
운명에 속고, 운명에 속은 자는
결국 인생을 버린 채 떠나고 만다.

영웅과 군중의 역사

인류사를 보면
반드시 영웅과 군중은 함께 자리하고 있었다.
그러나 역사는 언제나 영웅들의 편에 서 있었고
영웅들은 영웅들 스스로 편에 서 있었다.
군중들이 역사에서 그 이름이 없는 까닭이
바로, 여기에 있다.

역사와 영웅

역사의 불꽃은
영웅과 영웅들의
운명적인 만남에서
피어난다.

여기에서 신은
선의 선택, 또는
악의 선택, 그 어느 것
하나만을 고집하지 않는다.

두 개의 힘이 공존하면서
영웅들끼리의 만남을 통해
한 시대를 마감할 뿐이다.

어느 기록에나 신은
그때 그 인간 사회의 역사를 위해
시대적 인물들을 탄생시켰으나

선택된 자들은 신의 개입 없이
자신을 위한 역사로 변모시켰다.
그것은 결국 불행한 영웅시대를 만들었고
동시에 인류의 사생아를 낳았다.

3
가슴을 사랑하기에

빛과 향기

나의 가슴을 열면
어디서부터 오는 빛일까?
어디서부터 오는 향기일까?
나도 모르게 언제부터인가
내 안으로 흐르는 것을 보았다.

나의 손길마다 추억의 빛이
나의 발자국마다 추억의 향기가
내 마음 깊은 계곡을 따라
알 수 없는 곳으로 흘러서 갔다.

빛은 밤이면 하나의 별이 되고
향기는 낮이면 한 그루 향나무가 되어
눈동자에 살아 있는 풍물로 변했다.
—가슴속에 그리운 고향이 되었다.

추억

추억은 세월의 물살이
가슴으로 흐르는 소리이다.

추억은 햇살이 구름을 헤치고
강 위로 쏟아지는 눈부심이다.

추억은 곁에 있지 않아도
늘 아른거리는 그 얼굴이다.

추억은 사라진 그림자 위로
떠돌다 지나가는 바람이다.

추억은 그리움에 아픈 나를
흔들어 깨우는 하얀 꿈이다.

월광곡

황홀한 달밤
월광곡―

창가에 선 여인을 본다.
음과 음 사이로 선이 흐르고
고운 살 속으로 빛이 스민다.

태고적 여인의 가슴에 새겨진
사랑과 원죄의 흔적들이
달빛 따라 창가로 모여든다.

마침내 여인은 시선을 피해
은빛 긴 드레스를 내리고
달 그림자에 몸을 담근다.

황홀한 달밤
월광곡―

여인의 긴 사색이 낙타를 타고
오아시스를 찾아 떠날 때쯤,
하늘에서 수많은 눈동자가
붉은 두레박을 드리우며
마주 보고 웃고 서 있다.

황홀한 달밤
월광곡—

촛불이 별이 되어

당신!
오늘 밤 나는
당신 눈동자 속에 담겨
가슴으로 녹아 흐르고 있어요.
마치 한 자루의 촛불처럼—

당신의 깜빡거리는 눈은
하나의 별과 같아요.
나는 그 별 안에 갇혀 있는
또 하나의 별과 같아요.

당신!
당신은 나의 빛이에요.
스쳐가는 빛이 아니라
가슴에 깊이 새겨진 빛이에요.

그러니 오늘 밤

내게 대한 마음이 흔들려선 안 돼요.
눈동자 속에 그런 빛이 떠올라도 안 돼요.
이 밤엔 기꺼이 하나의 촛불로 남겠어요.
촛불이 타올라 별이 되는 그 순간까지……

잠이 오지 않는 밤에는

그대여! 잠이 오지 않는 밤에는
음악을 들어요.
그윽한 선율의 라이트 뮤직을 들으면서
광활한 대자연의 풍경을 떠올려 보아요.
금세 잠은 달아날 듯하나
이내 잠은 쏟아지고
침실은 무지개를 타고 하늘을 날 테니까

그대여! 잠이 오지 않는 밤에는
시를 읽어요.
트럼펫을 연주하듯 달콤하게
낭만이 넘치는 사랑의 시를 읽어 보아요.
금세 잠은 달아날 듯하나
이내 잠은 쏟아지고
침실은 무지개를 타고 하늘을 날 테니까.

그대여! 잠이 오지 않는 밤에는

편지를 써 봐요.
추억이 살고 있는 그대의 가슴을 열고
황금빛 꿈의 사연을 적어 보아요.
금세 잠은 달아날 듯하나
이내 잠은 쏟아지고
침실은 무지개를 타고 하늘을 날 테니까.

한 편의 詩가 되어

한 여인의 가슴에 나의 가슴을 묻고
그녀의 모든 것을 꿈꾸고 싶었다.

한 여인의 눈동자에 나의 눈동자를 묻고
그녀의 모든 것을 바라보고 싶었다.

그녀의 숨결이, 가슴이 출렁이는 곳마다
표정 하나, 몸짓 하나도 시어로 변했고
마침내 그녀는 한 편의 시가 되었다.

그 시로 인해 나는 사랑을 배웠다.

아내에게 바치는 사랑의 노래

―영원한 벗 **高銀英** 레지나에게

둘이서 마주한 세월.
당신의 고운 눈으로 꿈을 그려봅니다.
옛 얼굴 위로 스쳐가는 추억의 강은
나의 가슴으로 밀려와 파도가 됩니다.
오직 하나 행복을 위해 흰 날개를 단,
그대 미소에 숨은 찬연한 순결의 빛은
갈증의 날이면 먼 그리움으로 다가와
―나는 샘물처럼 마시며 살아왔습니다.

사랑으로 연인이 된 서로의 운명 앞에
아내라 부르는 영원한 순간을 위하여
준비해 온 침묵과 장미꽃을 바칩니다.
마음 깊고 높은 곳에 당신의 향기를
가슴속에 혜연, 혜나, 두 딸의 소망을
영혼 더 깊은 곳에 우리들의 애정을
긴 설레임의 감동으로 곁에 간직하며

─작은 기도의 몸짓으로 남으렵니다.

*1999. 12. 15 결혼 20주년을 기념하여, 詩를 쓰던 날이면 곁에서 가슴을
쓸어내리며 늘 기도하던 아내와 "아빠, 사랑해요!"라며 속삭이던 사랑스
런 두 딸의 잠든 머리맡에 살며시 놓아 둔 詩 한 편.

기쁨과 슬픔

기쁨은 기체요, 슬픔은 액체다.

기쁨은 공중으로 흩어지고 슬픔은 가슴으로 쌓인다.

같은 무게의 기쁨이 슬픔보다 가벼운 건 그 이유이다.

그렇기에 인생은 기쁨보다 슬픔의 시간을 더 길게 느낀다.

아침 해

아침 해가 떠오르는 건
긴 어둠이 싫기 때문이다.

아침 해가 높이 떠오르는 건
우리 모두에게 빛을 주기 위함이다.

아침 해가 붉게 떠오르는 건
우리들의 잠든 가슴을 깨우기 위함이다.

아침 해가 찬란히 떠오르는 건
우리들의 마음까지 밝혀 주기 위함이다.

그리고 아침 해가 다시 저무는 건
내일의 또 다른 기다림이 있기 때문이다.

늘 이런 느낌으로 살 수 없을까?

어린 시절
소풍가방을 옆에 두고
잠들던 그때 그 기분처럼—

중고등학교 시절,
좋아하는 여학생의 집 앞을 지날 때
두근대던 그 가슴처럼—

생일날
사랑하는 이가 꽃다발을 선물하며
사랑을 고백할 때의 그 감동처럼—

부모님한테 용돈을 타 쓰던 젊은이가
직장에서 첫 월급봉투를 받았을 때
찾아드는 마음 뿌듯함처럼—

예비 신부가

결혼식 웨딩 드레스를 고르며
무지개 빛 앞날을 꿈꾸는 설레임처럼—

노총각이 장가를 들어
아내가 건네는 첫 밥상을 받아들고
쫙 벌어지는 그 얼굴처럼—

아기가 없어 고민하던 남편이
아내의 임신 소식을 전해 듣고서
절로 터져 나오는 탄성처럼—

불치병으로 시달리던 환자가
완치되어 병원 문을 나서면서
새로 다짐하는 벅찬 감격처럼—

늘 이런 느낌으로 살 수는 없을까?

나날을 이런 기분으로 살 수 있다면
세상은 환희의 연속이요,
이 땅은 바로 낙원이련만……

젊음만으로도

젊은이여!
젊음에서 향기를 빼앗기지 말고
젊음을 본능의 노예로 만들지 말아요.

젊은이여!
젊음에서 유혹의 손을 내밀지 말고
젊음에서 어둠의 빛을 비추지 말아요.

젊은이여!
젊음에서 죄의 발걸음을 옮기지 말고
젊음에 영혼의 상처를 남기지 말아요.

젊은이여!
젊음은 젊음만으로도 감동을 받게 되나니
젊은이라 불리우는 때를 오래 간직하세요.

그리움의 모습

이른 새벽이면
그리움은 침실을 빠져 나와
거리의 안개로 화장을 한다.
안개는 태고적 사라져 버린
날개짓 흔적으로 되살아나
마침내 고독의 눈동자로 남는다.

고독이 사람의 시선을 피해
첫날밤 신부의 모습처럼
수줍음을 씻어낼 쯤이면
그리움은 다시 거리로 나와
떠도는 안개와 고독을 정복한다.
그리움의 정체는 내게
늘 이런 모습으로 다가왔다.

이별

이별을 생각하는 지금.
나에겐 마르지 않은 눈물이 있소.
풀잎이 아침 이슬에 젖어가듯
나의 감촉은 눈물 속으로 스미고
그대 슬픔은 내게 입맞춤을 주었소.

우린 사랑했기에
하나가 되었으나,
하나가 될 수 없는 운명 때문에
서로는 웃음을 빼앗긴 채
텅 빈 가슴 저 밑바닥에서
그저 울고만 서 있구려.

이별을 생각하는 지금.
이별은 이별일 뿐,
이별의 운명마저 떠나 버렸소.

먼 곳

홀로 멀리 떠나고 싶은 날이 있다.
문득, 기차의 기적 소리가 울려 올 때면
　　또 뱃고동 소리가 밀려 올 때면
나는 훌쩍 낯선 먼 곳으로 떠나가고 싶다.

홀로 멀리 떠나고 싶은 날이 있다.
문득, 집뜰에 황혼의 빛이 내려앉을 때면
　　달밤에 이름 모를 새들을 바라볼 때면
나는 훌쩍 낯선 먼 곳으로 떠나가고 싶다.

홀로 멀리 떠나고 싶은 날이 있다.
문득, 거울 속 눈동자에 사랑의 아픔이 보일 때면
　　가슴에 새긴 추억의 언어들과 마주칠 때면
나는 훌쩍 낯선 먼 곳으로 떠나가고 싶다.

지금도 그날들이 내 안에 살아 움직이고 있다.

커피잔 속으로 흐르는 아침

아침 햇살이 커피잔 속으로 스며온다.
커피 냄새가 아지랑이처럼 눈에 아른거린다.
마음은 서서히 부드러워지고 가슴이 더워진다.
나의 시선과 마주치는 삶의 공간에서는
추억과 그리움이 화음과 율동으로 출렁인다.

홀로 기억되는 이 아침, 한 잔의 커피.
혀끝으로 잠겨가는 육신의 향내
살갗에서 새롭게 피어나는 꿈의 환희
본능은 껍질을 벗고 잔 속에 아침을 마신다.

점점 비워지는 잔에서 가슴에 뜬 달을 본다.
가슴으로 새겨 가는 시간들을 본다.
창살의 빛이 커피잔을 빠져 나갈 때쯤,
나의 아침은 비로소 깨어나 옷을 입는다.
그리고 가장 좋은 나의 아침을 맞는다.

눈

눈.
머물다, 잊지 못해
홀연히, 떠나가는
그대는 고향 잃은
머나먼 짚시다.

눈.
설레어, 가슴 뛰고
엉키어, 아파 가는
그래서 방랑자
낯 모를 짚시다.

눈.
아담과 이브도
산 자와 죽은 자도
그리워 눈이 되는
추억의 짚시다.

눈.
눈물도 웃음도
사랑도 이별도
하얗게 지워내는
망각의 짚시다.

추억의 강가에서

어린 시절 강가에서
젊은 꿈을 연처럼 날리우면
알 수 없는 그리움은 물새가 되어
내 가슴 펼쳐 놓은 강 위를 날고
그리움을 헤치던 세월의 물살 소리

이제 지나간 추억.
빈 허공만이 눈동자 되어
세월의 흰 속살을 들여다보면
강 위로 쏟아지는 고독의 파편들.
그리움은 먼 바람으로 흩어지고
이내 슬픈 미소만 강 위를 떠도네.

4
어제 오늘 내일

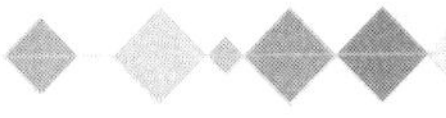

영원히 사는 법은

네가 가는 길마다
육신의 발자국을 지우고
영혼의 발자국을 남기라.

네가 머무는 곳마다
악의 발자국을 지우고
선의 발자국을 남기라.

네가 외치는 소리마다
증오의 발자국은 지우고
사랑의 발자국을 남기라.

네가 기도하는 침묵마다
어둠의 발자국을 지우고
빛의 발자국을 남기라.

네가 생각하는 눈빛마다

눈물의 발자국을 지우고
기쁨의 발자국을 남기라.

네가 간직하는 유산마다
욕망의 발자국을 지우고
생명의 발자국을 남기라.

인생 100살까지라면

인생 100살까지,
대부분 사람들은
고개를 갸우뚱거리다 10대를 보내고
자신의 눈빛을 쫓다 20대와 작별하며
인생을 저울질하다 30대를 보낸다.

40대에 삶의 의미를 되새겨 보고
50대에 가던 길 멈춰 뒤돌아본다.

60대에 마음에 짐을 하나씩 버리고
70대에 정든 것과 이별을 준비하며
80대에 가슴속에 빈 무덤을 만든다.

90대에 운명의 두 날개를 접어 두고
100살에 영혼의 연인으로 날 것이다.

육신의 사막

어떻게 사는 것이 잘 사는 것인가
어떻게 사는 것이 가치있게 사는 것인가
어떻게 사는 것이 후회 없이 사는 것인가
어떻게 사는 것이 행복하게 사는 것인가.

육신이 늘 깨끗할 수는 없을까
마음이 늘 순수할 수는 없을까
가슴이 늘 향기로울 수는 없을까
영혼이 늘 아름다울 수는 없을까.

인생은 살다 보면 얼마나 좁은 것인가
인생은 살다 보면 얼마나 얕은 것인가
인생은 살다 보면 얼마나 낮은 것인가
인생은 살다 보면 얼마나 짧은 것인가.

사람에겐 왜 눈물이 있는가
사람에겐 왜 고통이 있는가

사람에겐 왜 번뇌가 있는가
사람에겐 왜 죽음이 있는가.

탐욕 없이는 살 수 없을까
욕정 없이는 살 수 없을까
분노 없이는 살 수 없을까
증오 없이는 살 수 없을까.

끝없는 의문 뒤에 타오르는 목마름
간절한 소망 뒤에 버려진 기다림
육신의 사막, 그 한가운데서
오늘도 나의 영혼은 오아시스를 찾아
숨을 헐떡이며 먼 길을 떠나간다.

존재의 무게

존재의 무게가
정신을 혼란에 빠뜨리던 날,
나의 의식은 비로소 깨어나
처음으로 하늘의 문을 열었으나
나에겐 아무것도 보이지 않았다.

얼마 후, 하늘 문 사이로
날개 없는 천사의 모습이 나타났으나
고뇌의 무게는 의식의 문을 닫아 버렸다.

그후 나를 지배한 건
―하늘의 문과 날개 없는 천사
―의식의 문과 고뇌의 무게

존재의 무게는 끝내 헤아릴 수 없었다.

다람쥐와 인생

다람쥐는 언제나 쳇바퀴를 돈다.
다람쥐는 틀 안에서 쉬지 않고 돈다.
고향땅이 그리워 쉴 수가 없다.
산과 들이 그리워 쉬지 않고 달린다.

우리의 삶도 어찌 보면 그러하다.
세상 안에 갇힌 우리의 모습이 그러하다.
주어진 공간을 쉬지 않고 움직이며
돌아온 길을 계속 되돌아가고 있다.

그러나 사람에겐
세상 밖을 바라보는 영혼의 세계가 있다.
세상 벽을 깨뜨리는 가슴의 세계가 있다.
그렇기에 다람쥐를 보며 삶을 배운다.

가슴속의 무덤

사는 것이 외롭다고 느끼던 때
가슴속에 묻힌 나의 무덤을 보았소.
그곳엔 잔디도 없고 비석도 없었소.
까닭 모를 새 한 마리만 울고 있었소.

더욱 사는 것이 외롭다고 느끼던 때
그 새는 날아와 나의 무덤 위에 앉았소.
그리고 허공에다 이름을 쪼고 있었소.
그러나 바람이 그 이름을 지워 버렸소.

외로움에 더 이상 견딜 수 없던 날,
나는 가슴의 무덤에 누워
날아가 버린 내 존재를 생각했소.
그리고 그 새의 날개를 닦아 주었소.
그후 외로움은 외로움을 잊게 되었소.

묵상

산다는 것은 고통이다.
살아간다는 것은 고통과의 싸움이다.
살아남는 일은 고통의 승리이다.
고통은 곧 생명이다.

산다는 것은 의지이다.
살아간다는 것은 의지와의 싸움이다.
살아남는 일은 의지의 승리이다.
의지는 곧 선이다.

산다는 것은 침묵이다.
살아간다는 것은 침묵과의 싸움이다.
살아남는 일은 침묵의 승리이다.
침묵은 곧 창조이다.

사람과 죽음

죽음을 곁에 두고 사는 사람들이 있다.
죽음의 얼굴을 어렴풋이나마 알고 있기에
삶이 두려워 몸부림치며 사는 사람들이다.

죽음을 마주 보며 사는 사람들이 있다.
죽음의 얼굴을 거울 속처럼 바라보기에
순간 순간의 삶을 그리워하는 사람들이다.

죽음과 손을 잡고 사는 사람들이 있다.
죽음 뒤에 오는 신비의 세계를 믿기에
삶을 팔아서 낙원을 구하는 사람들이다.

죽음을 피해 가며 사는 사람들이 있다.
죽음이 숨어 있는 곳을 미리 알기에
숨바꼭질처럼 삶을 살아가는 사람들이다.

죽음에 도전하며 사는 사람들이 있다.

죽음의 문턱이 너무 낮다는 것을 알기에
운명에 굴하지 않고 투쟁하며 사는 사람들이다.

죽음을 완전히 잊고 사는 사람들이 있다.
죽음의 슬픔을 헤아릴 길이 없기에
죽음을 의식에서 지워 버리는 사람들이다.

이렇듯 사람과 죽음은 함께 머물지만
죽음이 사람을 좇아 살지 않고
사람이 죽음을 좇아 살아간다.
그렇기에 사람이 살아가는 자세를 바꾸면,
죽음도 자기 모습을 바꾸며 산다.

세월의 무덤

우리 모두는
세월이 묻힌
거대한 무덤 위에 앉아—

닭이 날개를 접고 모이를 쪼듯
날개 잃은 몸짓으로 무덤을 쪼고 있다.

우리 모두는
무덤이 놓인
거대한 세월 위에 누워—

새가 날개를 접고 모이를 쪼듯
날개 잃은 몸짓으로 세월을 쪼고 있다.

영혼의 소리

가을 아침 안개 속 고독 하나가
이슬로 목을 축이며 색소폰을 분다.

그 울림 끝에 매달린 건
흐느끼는 나의 영혼의 소리였다.

살아온 만큼 지쳐 버린 나의 영혼아!
살아온 만큼 늙어 버린 나의 영혼아!

솔로몬의 지혜라도 훔쳐내어
고독 속에 숨은 가을 안개를 거두어다오!

안개를 밀치며 다가서는 색소폰 소리는
잊혀져 가는 나의 영혼의 흐느낌이었다.

어제 오늘 내일

어제는 어제만큼
어제의 인연을,

오늘은 오늘만큼
오늘의 운명을,

내일은 내일만큼
내일의 공간을,

역사 속에 그만큼
묻으며 살아간다.

가장 슬픈 생각

내가 존재하는 지금 이 시간에
존재해야 할 존재들이 존재하지 못하고
내가 존재하지 않을 그 시간에
존재하지 않아야 할 존재들이 존재하는 것.

道

道.
눈을 감고, 천천히……
생각을 한 곳으로 모은다.
그리고 스스로 認識한다.

나는 "얼음〔氷〕"이다.

하늘에서 무지개 빛〔光〕이 내려와
나의 존재를 서서히…… 녹인다.

나는 영롱한 물〔水〕방울, 방울이 되어
강으로…… 강으로…… 떨어져 흐른다.

내가 이제 강이 된다.
나의 존재가 의식에서 점점 사라진다.
마침내…… 無 我 境…… 에 도달한다.

나는 자연의 감각으로 변한다.
모든 것은 정지되고 영원하다.

나는 나를 잊고 존재만을 느낀다.

光(無)—氷(我)—水(境)

道.

—2000년 새해, 現夢 중에

불꽃

살아가는 날은,

가슴을 밝히기 위해
영혼을 태웠고

영혼을 밝히기 위해
가슴을 태웠습니다.

그래서 남은 건
오직 불꽃 하나

그 불꽃은
나를 태우며 타오르는
결국 운명이었습니다.

천년을 보내며
—1999. 12. 31 자정

1

천년의 章이 마지막 넘어가는
소리가 들린다.

천년의 빛이 마지막 사라지는
모습을 본다.

천년의 劫이 마지막 벗겨지는
아픔을 느낀다.

천년의 길에 마지막 뛰어드는
숨소리가 다가온다.

천년의 힘이 마지막 고갈되는
헐떡임이 스며든다.

천년의 춤이 마지막 휘날려
시선으로 남는다.

2

천년의 눈이 마지막 흩날려
허공에 쌓인다.

천년의 말이 마지막 쏟아져
지구를 덮는다.

천년의 꿈이 마지막 내려와
거리에 떠돈다.

천년의 손이 마지막 휘저어
역사를 만든다.

천년의 강이 마지막 흘러서
가슴에 고인다.

천년의 창이 마지막 열려서
영원을 담는다.

마지막 시작

어제는 과거의 마지막 시작이요
오늘은 현재의 마지막 시작이며
내일은 미래의 마지막 시작이다.

마지막은 시작의 끝이 아니라
시작의 새로운 출발이다.

그렇기에
순간을 마지막처럼 살아야 한다.
하루를 마지막처럼 살아야 한다.
인생을 마지막처럼 살아야 한다.

잔존의 조건

우리 곁에 숲이 없다면
우리는 원시의 고향을 잃을 것이며
우리 곁에 강이 없다면
우리는 태고의 그리움을 잃을 것이다.

우리 곁에 바다가 없다면
우리는 귀향의 꿈을 잃을 것이며
우리 곁에 산이 없다면
우리는 하늘의 향수를 잃을 것이다.

우리 곁에 구름과 달과 별이 없다면
우리는 시의 마음을 잃을 것이며
우리 곁에 아름다운 시가 없다면
우리는 가슴 한편을 잃을 것이다.

그리고 우리 곁에
가슴을 사랑하는 사람들이 없다면
인생의 의미 한편을 잃게 될 것이다.

5
나의 小考

사색의 삶을 위하여
사랑의 삶을 위하여
축복의 삶을 위하여
건강한 삶을 위하여
지혜의 삶을 위하여

사색의 삶을 위하여

1. 사람의 길은 전쟁이 아니라 평화이며, 투쟁이 아니라 화해이고, 오락이 아니라 예술이며, 肉적인 것이 아니라 靈적인 것이다.
2. 진정한 스승은 바로 자기라는 사실을 깨달을 때 비로소 진정한 스승을 만난 것이다.
3. 사람은 시간 안에 존재하면서도 시간을 거부하며 살아간다. 불행은 여기서부터 시작된다.
4. 인간의 육신은 시간 속에 갇혀 있으면서도 영혼은 시간 밖 공간 속에 존재하기에 우리는 생명을 지배할 수 없다.
5. 우주가 하늘과 땅과 바다로 이루어졌듯이 사람도 하늘과 땅과 바다를 가지고 있다. 하늘은 영혼이요, 땅은 육신이며, 바다는 가슴이다.
6. 그대의 삶을 자기 그림자 안에 가두어 두지 말라. 허수아비 삶이 되고 만다.
7. 살아가다 모르는 길은 물어서 가되, 길이 아닌 길은 처

음부터 가지를 마라. 헤매이다가 결국 모든 길조차 잃
고 만다.

8. "거부"와 "포기"와 "망각"의 높은 철학적 의미를 깨우
치지 못한다면 인생은 투쟁의 연속일 뿐이다.

9. 기쁨은 기체요, 슬픔은 액체이다. 같은 무게의 기쁨이
슬픔보다 가벼운 건 바로 그 이유이다.

10. 침묵은 가장 깊은 대화이다. 그래서 침묵을 먼저 배우
는 것이 대화의 가치를 아는 지름길이다.

11. 언제나 마음을 중심으로 모으라. 흩어지면 세속의 유
혹이 쉽게 자리를 잡는다.

12. 쾌락의 무덤을 미리 보지 못하면 인생은 끝없는 방황
일 뿐이다.

13. 옷을 입으면 사람의 눈은 가릴 수 있으나, 자연의 눈
은 가릴 수 없다. 그렇기에 사람은 자연 앞에서는 언
제나 부끄러운 자세로 살아가야 한다.

14. 경제에서 필요악은 인정할 수 있으나 도덕에서 필요
악은 인정될 수 없다. 선과 악의 중간 지점은 없기 때

문이다.

15. 정치는 인간 본능의 정체를 가장 잘 보여주는 미완성
    연극이다.

16. 까닭 없이 네 가슴을 열어 온갖 바람에 흔들리지 마
    라. 세속의 갈증은 마시면 마실수록 더욱 더 목마를
    뿐이다.

17. 우울한 마음과 쾌락의 가슴은 하나의 사치이다. 살아
    서 숨쉬고 있다는 자체만으로도 기적의 축복임을 깨
    닫지 못하는 어리석음에서 연유한다.

18. 인생은 결국 자기 자신과의 싸움이다. 그 싸움에서 지
    면 인생은 암흑에 묻히고 승리하면 빛으로 떠오른다.

19. 이 세상에서 가장 두렵고 무서운 존재는 '자신'이다.

20. 자신을 용서하면 의지가 마비되고, 의지가 마비되면
    곧 종말을 맞는다.

21. 자신의 어리석음을 용서하지 않는 자만이 가장 좋은
    삶을 살게 된다.

22. 자신에게 속고 속이면 바로 저주가 따르며, 그 고통은

결국 파멸에 이른다.

23. 자신과의 싸움에서는 오직 자신의 힘만이 무기가 된다.

24. 사람이 성공의 길을 가려면 반드시 '인내의 강'을 건너야 한다.

25. 道의 강을 건너기 위해서는 자신이 강이 되는 법을 먼저 깨우쳐야 한다.

26. 인생에서 선의 의지와 망각의 의지가 그 힘이 같을 때, 비로소 의지는 살아 있게 된다.

27. 역사는 군중의 힘으로 살아가지만 군중의 힘은 영웅을 위하여 봉헌되기에 영웅은 언제나 역사 앞에 자리를 잡는다.

28. 문명인에게 포기는 가장 무서운 형벌이며, 무관심은 가장 잔인한 보복이다.

29. 진정한 아름다움은 절제로 꽃피우고, 진정한 사랑은 인내로 꽃 피우며, 진정한 기쁨은 슬픔 뒤에 꽃 피운다.

30. 인간에게 죄의 마음이 없다면 세상이 모두 아름답게
    보인다.

31. 恨이 없는 세상은 그림자가 없고, 그림자가 없으면 빛
    으로 남는다.

32. 생각은 가슴에 밭을 가는 일이며, 행동은 그 위에 씨
    를 뿌리는 것과 같다.

33. 행복의 참 맛은 쓴 음식을 먹고, 고통의 물을 마신 후
    에 느낄 수 있는 포만감이다.

34. 슬픔을 자주 느끼는 사람은 슬픈 일이 자주 있어서라
    기보다는 슬퍼해야 마음이 풀리는 습관 때문에 슬퍼
    하는 경우가 더 많다.

35. 계속 울다 보면 후련함을 느끼지만, 계속 웃다 보면
    슬픔을 느낀다.

36. 인간의 삶은 사실 단순한 것이다. 단지 인생을 바라보
    는 굴절된 허상 때문에 복잡하게 느껴질 뿐이다.

37. 진정한 시인은 영원히 산다. 그의 가슴에는 세월의 시
    계가 없기 때문이다.

38. 위대한 예술작품은 남을 감동시킬 수는 있어도 작가
자신을 감동시키지는 못한다. 그 이유는 작품을 만드
는 과정에서 겪게 되는 고통을 잊지 못하기 때문이다.
39. 예술의 꽃은 눈물 속에서 피어나고, 행복의 꽃은 느낌
속에서 피어난다 .
40. 예술은 자신을 완전히 태움으로써 얻어지는 새로운
생명체다.

사랑의 삶을 위하여

41. 사랑은 불과 같아 잘 타오르면 인생을 무르익게 만들
지만 잘못 타오르면 인생을 모두 태우고 만다.
42. 진정한 사랑은 일정한 거리를 가지고 있어야 한다. 알
맞은 거리를 변함 없이 지킬 수 있다면 비로소 사랑해
도 좋다.
43. 자신을 사랑할 수 없는 사람이 남을 사랑하면 곧 불행

에 빠진다.

44. 잘못된 사랑은 일종의 정신병적 행위이다. 왜냐하면
    사랑이 깊어질수록 결국 추해지거나 오히려 불행에
    빠져들기 때문이다.

45. 사랑받는 이치는 단순하다. 사랑받을 행동을 하면 사
    랑을 받게 된다.

46. 가족간에는 가급적 말을 많이 나누라. 사람이 말이 적
    으면 무겁고 깊게 보이나, 가족간에 말이 적으면 그
    무게에 눌려 애정이 싹트지 못한다.

47. 악수는 가슴을 나누는 행위이다. 그러니 많은 사람들
    과 악수를 나눠라. 가슴에 그 정이 오래 남을 것이다.

축복의 삶을 위하여

48. 아직 살아 있다는 것이 기적이요, 지금 살아 있다는
    것도 기적이며, 앞으로 살아갈 수 있다는 것도 기적이

다. 기적은 神만이 행할 수 있다. 그러하니 어찌 神께
감사하고 찬미하지 않을 수 있겠는가? (신앙적 思考)

49. 어느 날 불현듯 하늘에서 "너희는 네 자신을 속이면서
어찌 나를 믿는다 하느냐?" 하는 커다란 울림을 들었
다. 그후 믿음의 의미를 알게 되었다.

50. 사람들은 기적을 바라지만 기적은 자신 안에서 일어
나고, 남에게서 행복을 구하지만 행복도 자신 안에 있
으며, 그리고 神을 찾지만 신은 자신 안에 살아 있다.

51. 상식과 양심은 신이 모든 인간에게 내려준 은총이다.
그래서 사람이 상식에 따라 판단하고 양심에 따라 행
동하면 축복이 따른다.

52. 사람은 신에게 다가가기 위해서는 반드시 돈이 필요
하다고 생각한다. 그러나 신은 돈을 가장 싫어한다.
돈이 때론 신의 자리까지 넘겨다보기 때문이다.

53. 십자가는 영혼의 고향이다. 그 고향은 언제나 가깝고
도 멀다.

54. 이 세상에서 가장 중요한 일은 "죽는 날 어떤 모습으

로 무엇을 남기고 죽을 것인가"에 대한 답을 구하는
일이다.

55. 영혼의 세계에서는, 눈이 보이지 않는 사람이 가장 아
름다운 것을 볼 수 있고 귀가 먼 사람이 가장 아름다운
소리를 들을 수 있다. 이처럼 영혼은 가장 고통스러운
육신의 정점에서 최고의 정신적 환희로 변화된다.

56. 생각이 머문 곳에 선과 악이 있다. 선을 생각하면 천사
의 손이 보이고, 악을 생각하면 악마의 손이 보인다.

57. 마지막 벼랑 끝에서 찾아드는 구원의 빛은 神이 아니
면 가족뿐이다.

58. 神 앞에서 함부로 맹세하지 마라. 지키지 못하면 결국
더 큰 죄를 짓게 되어 神으로부터 멀어진다..

59. 신의 은총은 조건부 은총이다. 고통을 인내한 데 대한
대가이다.

60. 기도는 가슴과 영혼을 잇는 다리이다. 그 다리 위에
神이 있고, 그 다리 밑에 운명이 있다.

61. 악은 악을 잉태하고, 선은 선을 잉태하며, 악은 악을

낳고, 선은 선을 낳는다.

62. 선은 악의 죽음이고, 죄는 선의 무덤이다. 악은 선의
죽음이고, 선은 죄의 무덤이다.

63. 악을 피하는 것이 곧 선이다.

64. 邪念은 곧 잡초와 같다. 잡초가 많으면 꽃이 자라지
않듯이 사념이 많으면 영혼이 자랄 수 없다. 그래서
잡초와 사념은 즉시 뽑아 버려야 한다.

65. 인류가 문명의 길로 갈수록 사람의 죄악은 영혼을 구
속하고, 사람의 육신은 욕망에 예속되며, 사람의 利己
는 가슴을 지배한다. 그래서 문명과 도덕의 크기는 같
은 부피로 공존해야 한다.

건강한 삶을 위하여

66. 체질은 神의 뜻이다. 그러니 운명으로 받아들여야 한
다. 그러나 만일 그 운명이 싫거든 체질을 바꾸어야

한다.

67. 생각은 나무의 뿌리와 같다. 따라서 생각이 건강해야
몸이 건강할 수 있다.

68. 가슴을 다스릴 줄 아는 사람이 장수할 수 있다.

69. 건강은 자신만이 지킬 수 있다. 남이 건강한 법을 가
르쳐 줄 수는 있지만, 건강을 지켜 줄 수는 없다.

70. 긴장은 하나의 착각이다. 대상을 너무 확대해 보거나
무겁게 보기 때문에 오는 굴절된 현상이다.

71. 마음의 평화는 건강의 가장 큰 자산이다. 건강의 비결
은 마음의 평화를 잃지 않고, 평상시 깊은 호흡과 함
께, 온몸의 각 부분을 알맞게 움직여 주는 것이다.

72. 죽음은 사람을 좇지 않고 사람의 살아가는 자세를 좇
는다. 우리가 죽음을 뛰어넘는 자세로 살아간다면 죽
음과 이별할 수 있다.

73. 술과 담배는 사람의 가슴을 간지럽히다가 갑자기 쓰
러뜨려 숨통을 조르는 괴기스런 숭배물이다.

74. 술과 담배를 멀리하려면 술을 보면 狂人을 생각하고

담배를 보면 火災를 떠올려라. 술과 담배와 거리가 멀

수록 행복의 지수는 높아진다.

75. 부부의 건강은 공동의 책임이다. 서로 돕지 않으면 지

탱하기가 어렵다. 그것은 부부의 氣가 하나로 통하기

때문이다.

76. 사랑과 건강과 아름다움은 절제와 인내와 노력의 열

매이다.

77. 절약하고 절제하라. 부유해지고 장수하는 가장 현명

한 방법이다.

78. 현명한 자는 피곤하지 않다. 피곤한 일을 하지 않거나

피곤하지 않는 법을 알고 있기 때문이다.

지혜의 삶을 위하여

79. 말은 입을 떠나면 바람과 같이 예기치 않는 곳에서 태

풍을 일으킨다. 그래서 말은 입 안에서 풍량과 강도를

미리 조절하지 않으면 돌이킬 수 없는 화를 입게 된다.

80. 고치지 못하는 나쁜 습관은 神의 형벌이다. 왜냐하면 결국 그 나쁜 습관 때문에 파멸로 이르기 때문이다.

81. 젊었을 때는 밤이 아침인 듯 하루를 보내고, 달을 태양처럼 바라보며 살아가라. 그래야 큰 뜻을 이룰 수 있다.

82. 미리 준비하면 때가 되어도 서두를 것이 없다. 그러나 준비 없이 사는 사람은 늘 서두르다 결국 인생마저 서둘러 끝마치고 만다.

83. 작은 것에 감사할 줄 알고, 작은 것에 만족할 줄 알고, 작은 것에 기뻐할 줄 알고, 작은 것을 사랑할 줄 아는 사람만이 행복감을 느낄 수 있다. 왜냐하면 사람들이 기다리는 큰 것이란 일생에서 단 몇 번밖에 찾아오지 않기 때문이다.

84. 가슴이 욕망에 굴복하면 인생은 휴지가 된다.

85. 돈은 피와 같다. 흘리면 죽고 고이면 산다.

86. 돈은 달팽이의 눈처럼 쉽게 찾으려는 사람에게는 보

이지 않는다. 돈의 감각은 미꾸라지와 같아 한눈을 팔
면 손에서 금방 빠져 나가고 다시 잡으려 하면 쉽게
잡히지 않는다. 그렇기에 돈은 어렵게 벌어서 조심스
럽게 다루어야 비로소 자기의 것이 된다.

87. 소유하는 법보다 버리는 법을, 행하는 법보다 포기하
는 법을 먼저 배워라. 그것이 불행을 막는 가장 안전
한 방법이다.

88. 어릴 때 외롭다고 느끼는 건 곁에 사람이 없기 때문이
요, 중년에 외롭다고 느끼는 건 사랑이 곁에 있지 않
기 때문이요, 노년에 외롭다고 느끼는 건 아름다운 추
억이 곁에 머물러 있지 않기 때문이다.

89. 사람은 누구나 살아가면서 자신을 죽도록 괴롭히는
원흉이 있다. 죽이고 싶도록 증오하는 원수가 있다.
그러나 그를 제거하려는 순간에는 더욱 큰 고통으로
남게 된다. 원수에 대한 심판과 처벌은 자기의 몫이
아니라 神의 몫이다. 그분께 맡기고 나면, 비로소 원
수와도 가까워질 수 있다.

90. 사람에게는 할 일이 있고 안 할 짓이 있으며 할 말이
    있고 안 할 소리가 있다. 그것을 구별할 줄 아는 사람
    은 언제나 존경을 받게 된다.
91. 말과 표정과 행동이 흥분하면, 이미 게임에서 진 것과
    같다.
92. 자식이 잘 되기를 바라는 것은 모든 부모들의 가장 큰
    소망이다. 그러나 많은 부모들은 그 소망으로 인해 평
    생 恨을 품고 산다.
93. 글은 한 단계 높여서 쓰고, 말은 한 단계 낮추어 말하
    라. 그래야 정당한 평가를 받게 된다.
94. 성공의 열쇠는 정교하여 조금만 실수해도 성공의 문
    을 열 수가 없다.
95. 인사와 친절은 가장 믿을 수 있는 투자이다.
96. '감사하다'는 한마디는 바로 은총의 샘이다.
97. 사람의 매력은 순수하고 낮추며 베푸는 데 있다.
98. 사람은 자신의 생활 원칙에서 단 하나의 예외 조항을
    두더라도 교활해지는 습성을 가지고 있다.

99. 재능의 완성을 위해 평생을 피땀 흘려 살아간다면 가
장 행복한 삶을 사는 것이다.

100. 진정한 행복은 깨달음 뒤에만 찾아오는 귀한 손님이
다.

영혼과 육신 사이의 시

김수이(문학평론가)

샤또브리앙은 『이탈리아 기행』이라는 책에서 "사람들은 각기 그가 보고 사랑했던 모든 것으로 구성된 하나의 세계를 자기 안에 지니고 있으며, 이질적인 세계 속에서 돌아다니는 듯 보일 때조차도 항상 자기 세계로 돌아오고 있다"고 말한 바 있다. 물론 사람마다 지닌 자기 세계의 내용과 그 세계로 돌아오는 방식은 각기 다르다. 어떤 이는 철학적인 지적 모험을 통해 그 안에 이르고, 또 어떤 이는 섬광 같은 직관과 투명한 감수성을 통해 자기 안의 세계에 다다른다. 또 어떤 이는 자신을 둘러싼 현실적인 조건과 타자와의 관계 속에서 자기만의 세계로 들어가는 출구를 만나기도 한다. 또 어떤 이는 견딜 수 없는 고통의 순간에 자신의 내부를 이방인처럼 헤매이기도 한다. 이처럼 인간은 어떠한 형태의 삶을 살아가든, 어느 순간 거역할 수 없는 운명처럼 자기 자신과 만난다. 아무리 깊고 광활한 세계를 편력한다 해도, 한 송이 꽃과 반짝이는 별빛

아래서, 혹은 바람 부는 거리에서 문득 자신을 돌아보게 되는 것이다. 그 순간에 그는 존재적으로 가장 충일해지며, 지나온 삶 속에서 자신의 내부에 축적된 '간절한 것들'과 행복한 고통 속에 조우한다. 샤또브리앙의 말처럼, 인간은 자신이 보고 사랑했던 모든 것으로 구성된 하나의 세계를 지닌 '내적' 존재이다. 이런 맥락에서 시(詩)는 인간이 오랜 역사 속에서 만들어낸 수많은 산물 가운데 가장 내향적인(introversive) 양식에 해당한다. '내향적인'이라는 말의 영어 표현인 'introversive'는 어원상 'intro(안)'와 'versible(볼 수 있는)'의 합성어로, '안을 본다'라는 뜻을 지니고 있다. 이 세상에 존재하는 것들 가운데 인간은 유일하게 자신의 안을 들여다볼 수 있는 존재이며, 이 내부에 의해 자기만의 세계를 구현한다. 그러나 이 지극한 축복으로 인해 인간은 또한 자기만의 고통과 상처, 외로움과 그리움, 무수한 균열을 감내해야 한다. 자기만의 세계로 끊임없이 돌아와야 한다는 것은 인간이 지닌 축복이자 '저주'이기도 하다. 이 저주는 역설적이게도 '아름다운 저주'라는 수식어를 갖고 있다. 인간이 획득할 수 있는 가장 지극하고 진실한 것들은 대부분 헤아릴 수 없는 고통 속에서 얻어지는 것이기 때문이다.

　나승빈의 시의 전제가 되는 것은 "가슴은 영혼과 육신을 잇는다"(「가슴과 바다」)라는 명제이다. 나승빈이 유독 '가슴'이라는 말을 강조하고 있는 것은 그의 시가 우러나고 쓰여지는 장소가 바로 가슴인 탓이다. 영혼과 육신 사이에 위치하고 있는 가슴은 자신만의 삶의 내용이 담긴 곳이며, 세상살이의 온갖 파란과 슬픔이 새겨지는 곳이다. 가슴은 또한 사랑과 희망, 실체를 알 수 없는 다함 없는 지향이 싹트는 곳이기도 하다. 이에 관해 나승빈은 다음과 같이 쓴다.

새는 날개가 있어 나는 것이 아니다.
새의 가슴에는 늘 거대한 숲의 바람이 흘러
그래서 난다.

—「새의 날개」에서

'날개'는 '새'가 지닌 하나의 도구일 뿐, '새'가 푸른 하늘을 '나는' 운명적인 이유는 아니다. 그 이유는 "새의 가슴에는 늘 거대한 숲의 바람이 흐"르고 있기 때문이다. 한 마리의 '새'조차 '가슴'을 지니고 있으며, 그 가슴에 "늘 거대한 숲의 바람이 흐"르고 있다고 생각하는 것, 나승빈이 존재와 삶을 바라보는 방식은 이러한 원리에 의한다. '새는' 가슴에 "늘 거대한 숲의 바람이 흐"르는 숙명적인 지향을 실현하기 위해 끊임없이 하늘을 향해 날아올라야 하는 것이다. 나승빈은 저마다의 존재가 지닌 '가슴' 속의 아름다운 지향에 주목하는 한편, 그것이 잘못된 인식과 독단으로 흐를 수 있음을 힘주어 경계한다. 그의 시의 중요한 제재 가운데 하나인 '새'는 위 시에서와는 달리 다음의 시에서는 어리석고 부정적인 존재로 묘사되기도 한다.

어느 날 산길을 가다가 숲 사이에서
우연히 한 마리 새를 발견했습니다.
그 새는 반짝거리는 무언가를 쪼아대었고
가까이 보니 그건 깨어진 거울조각이었으며,
거울 속 새 한 마리와 격투를 벌이고 있었습니다.
그 새는 점점 거울 속 새를 거칠게 쪼아대었으며
동시에 거울 속 새도 그 새를 맞쪼아대었습니다.
마침내 거울은 박살이 났고 순간,
숲 속의 새는 화들짝 놀라 급히 하늘로 솟구쳤습니다.
갑자기 눈앞에서 찢겨져 나간 동료의 모습을 본 것입니다.
그러나 그 새는 주둥이가 갈라져 나가는 고통에도 불구하고
자기 영역에 침투한 적수를 박살냈다는 승리감에 도취되어
상쾌한 모습으로 하늘 여기저기를 날아다녔습니다.
그 새는 결코 알 수가 없었을 것입니다.
거울 속의 새가 바로 자신이라는 사실을,
찢겨져 나간 새의 모습은 적수의 몸뚱이가 아니라
깨어진 거울 조각에 불과하다는 것을⋯⋯

—「거울 속의 새」 전문

이 시는 부드럽고 섬세한 감성보다는, 삶에 관해 유용
한 깨달음을 주는 인식에 기초하고 있다. 산 속에 버려진
거울 조각에 비친 자신을 '적'으로 오해하고 주둥이가 갈
라지며 싸우는 '새'는 어리석은 인간 존재를 비유하고 있
다. 그 '새'는 싸움 끝에 거울을 박살내 버린 것조차 알아

차리지 못하고, "자기 영역에 침투한 적수를 박살냈다는 승리감에 도취되"기까지 한다. 거울에 비친 그 물리쳐야 할 '적'이 바로 그 새 자신인 것은 두말할 것도 없다. 나승빈은 현실 속에서 우리가 '적'으로 상정하고 싸우는 대상이 결국 우리 자신임을 이야기한다. 삶을 살아가며 우리는 수많은 '적'을 만나고 비난하며 싸운다. 그런데 그 '적'이 사실은 우리 자신이었던 것은 아니었을까. 우리는 자신과의 싸움을 많은 부분 타인과의 싸움으로 오해했으며, 우리가 물리치고 공격해야 한다고 믿었던 그 '적'의 부정적인 모습이 곧 우리 자신의 모습이었던 것은 아니었을까. 이 시에 담긴 나승빈의 전언은 이렇게 요약할 수 있을 것이다. 거울을 보며 자기의 내면을 성찰하고 반성하는 법을 배우지 못한 사람들은 눈앞의 대상을 부숨으로써 결국은 자신을 파괴한다. 내적 성찰의 반대편에는 단지 무지와 무심함이 아닌, 존재의 붕괴가 도사리고 있다.

나승빈은 이를 '인권'에 관한 생각을 통해서도 보여준다. 지구상에서 행해졌고, 지금도 행해지고 있는 수많은 인권 유린의 사례들은 외적인 힘에 의한 것이기도 하지만, 놀랍게도 스스로에 의해 자행되기도 한다.

지금 세상에서 인권은

냉혹한 자들의 가슴에서
독재자들의 푸른 칼날에서

양심없는 자들의 폭력에서
―유린되고 있다.

또 한편에서는
자신에 의해 박탈된다.
자기 안에 스스로 폐쇄된 공간을 만들고
그곳에서 자라난 사념(邪念)의 억센 뿌리가
의식을 억압하여 육신을 구속한다.
―「인권의 얼굴」에서

이 시는 서울 국제문화원에서 세계 인권문제를 연구해
온 나승빈의 삶의 이력을 반영하고 있다는 점에서 더 곡
진하게 다가온다. 나승빈은, "자기 안에 스스로 폐쇄된 공
간을 만들고/그곳에서 자라난 사념(邪念)의 억센 뿌리가/
의식을 억압하여 육신을 구속하"는 상황을 단지 자폐나
독선이 아닌, 인권 유린의 상황으로 파악한다. '칼날'과
'폭력'에 의해 유린되는 인권의 참상은 무엇보다 심각한
문제이지만, 또 한편 인권이 "자신에 의해 박탈되"고 있다
는 것은 인권 박탈의 주체와 대상이 하나라는 점에서 보
다 근본적인 심각성을 안고 있다. 외적인 폭력은 다른 사
람의 도움에 의해 제거될 수 있지만, 스스로 자행하는 억
압과 구속은 그 자신의 각성과 의지가 아니면 소멸될 수
없기 때문이다. 이 시에서 나승빈은 인간이 스스로에게
가하는 '심리적인 폭력'이 그 자신의 인권을 유린하는 일

임을 깨우쳐 준다. 스스로도 인식하지 못한 채 자기 자신에게 가하는 '심리적인 폭력'은 그것이 무자각적인 상태로 행해진다는 점에서 우려해야 할 일이 아닐 수 없다. 그는 그가 보고 사랑했던 모든 것으로 자신만의 세계를 구성하는 자가 아니라, 그가 겪은 고통과 피해의식에만 사로잡혀 자신을 경직시키는 동시에 해체하는 자이기 때문이다.

그러므로 나승빈에게 '가장 슬픈 생각'은 자신을 둘러싼 존재들이 제자리를 찾아가지 못하는 상황으로 인해 촉발된다.

내가 존재하는 지금 이 시간에
존재해야 할 존재들이 존재하지 못하고
내가 존재하지 않을 그 시간에
존재하지 않아야 할 존재들이 존재하는 것.

—「가장 슬픈 생각」 전문

나승빈은 반복과 일정한 정형의 형식을 사용해 길이가 긴 시를 주로 구사하는 한편, 이 시에서처럼 잠언과도 같은 짧은 형식의 시를 쓰기도 한다. 시의 완성도로 치자면, 나승빈의 시에서 밀도가 높은 쪽은 길이가 긴 시보다는 대체로 짧은 시들에 있는 것으로 생각된다. 특히 다음의 시는 삶을 살아가며 가장 빈번하게 느끼는 감정인 기쁨과 슬픔에 대해 누구나 공감할 수 있는 통찰을 제시하고 있다.

기쁨은 기체요, 슬픔은 액체다.

기쁨은 공중으로 흩어지고 슬픔은 가슴으로 쌓인다.

같은 무게의 기쁨이 슬픔보다 가벼운 건 그 이유이다.

그렇기에 인생은 기쁨보다 슬픔의 시간을 더 길게 느낀다.

—「기쁨과 슬픔」 전문

"기쁨은 기체요, 슬픔은 액체"라는 생각은 '기체'와 '액체'라는 성질로 기쁨과 슬픔의 본질을 비유함으로써 선명한 이미지를 만들어내고 있다. 기쁨은 휘발성이 강하여 "공중으로 흩어지고", 슬픔은 무거워서 "가슴으로 쌓인다"는 말은 기쁨과 슬픔의 순간을 겪어 본 사람이면 누구나 공감할 수 있는 언술이라 할 수 있다.

이 시집에서 나승빈의 최종적인 주제 의식은 '죽음'에 관한 것으로 귀결된다. 그러나 이 죽음에 대한 사유는 다시 삶에 관한 통찰로 이어지는 것이어서 그 적극적인 측면이 주목된다.

죽음을 곁에 두고 사는 사람들이 있다.

죽음의 얼굴을 어렴풋이나마 알고 있기에

삶이 두려워 몸부림치며 사는 사람들이다.

(…)

죽음을 완전히 잊고 사는 사람들이 있다.

죽음의 슬픔을 헤아릴 길이 없기에
죽음을 의식에서 지워 버리는 사람들이다.

이렇듯 사람과 죽음은 함께 머물지만
죽음이 사람을 좇아 살지 않고
사람이 죽음을 좇아 살아간다.
그렇기에 사람이 살아가는 자세를 바꾸면,
죽음도 자기 모습을 바꾸며 산다.

—「사람과 죽음」에서

　지면 관계상 다 인용할 수는 없지만, 이 시는 죽음에 관해 여러 가지 다른 생각을 지닌 사람들의 삶의 형태를 세밀하게 정리하면서 죽음에 대한 의식이 그 사람의 삶의 형태를 어떻게 결정하는가를 보여준다. 이 시의 결론은 "사람과 죽음은 함께 머물지만/죽음이 사람을 좇아 살지 않고/사람이 죽음을 좇아 살아간다"는 사실에 대한 통찰에 있다. 나승빈은 "사람이 살아가는 자세를 바꾸면,/죽음도 자기 모습을 바꾸며 산다"는 전언으로써 우리가 지향해야 할 삶의 자세를 강조하고 있다. 삶의 형식과 운명, 죽음조차도 인간 스스로가 만들어 나가는 것이라는 말은 나승빈이 지닌 삶에 대한 무한한 의지와 희망, 치열한 자기 극복의 노력을 엿보게 한다. 이처럼 나승빈은 '그가 보고 사랑했던 모든 것'으로 자신만의 세계를 구현하는 성실한 시인의 한 사람으로 우리 곁에 다가오고 있다.